Première édition dans la collection *lutin poche* : janvier 2005

Loi numéro 49 956 du 16 juillet 1949 sur les publications
destinées à la jeunesse : mars 2003
Dépôt légal : mars 2014
Imprimé en France par I.M.E. à Baume-les-Dames
ISBN : 978-2-211-07884-9

GRÉGOIRE SOLOTAREFF

NON MAIS ÇA VA PAS ?

lutin poche de l'école des loisirs
11, rue de Sèvres, Paris 6e

Il était une fois un crocodile
qui vivait dans une mare.

Chaque fois qu'un animal passait,
le crocodile disait :
« Hé ! Toi ! Viens jouer avec moi ! »

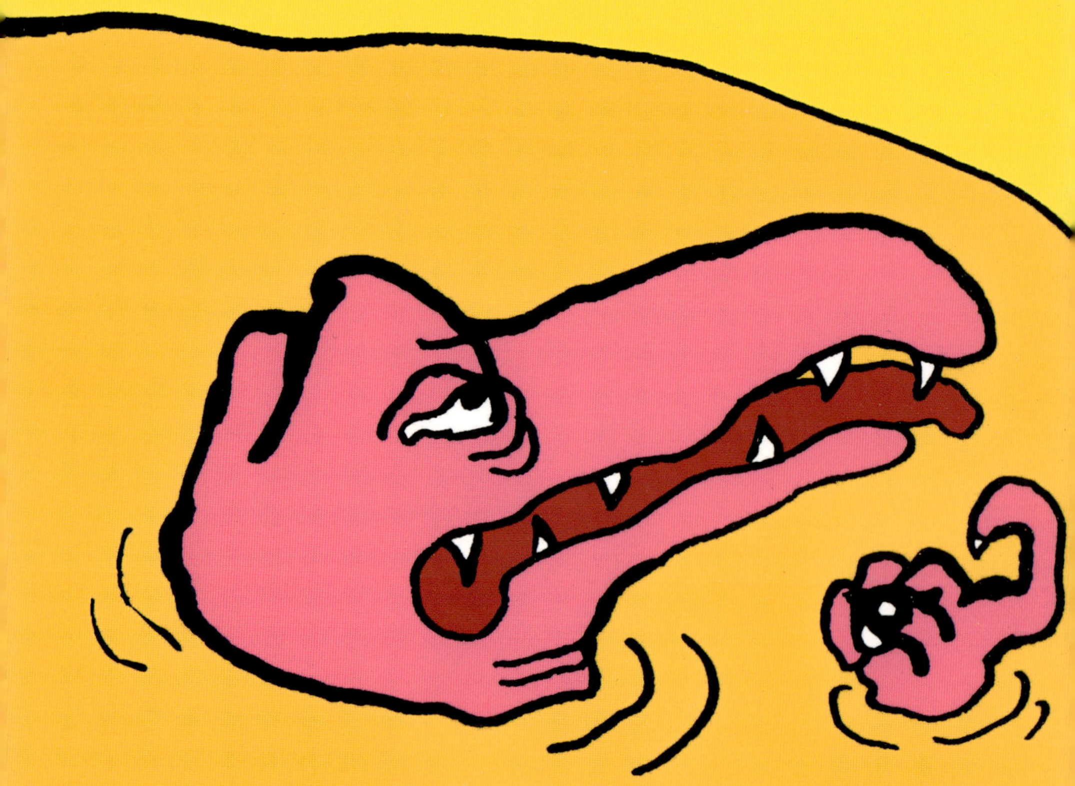

« J’arrive tout de suite ! »
disait quelquefois l’animal.
Alors le crocodile le mangeait.

Mais le plus souvent, l'animal répondait :
« Non mais ça va pas ? »
Ce jour-là, le crocodile ne mangeait pas.

Un jour, un petit éléphant,
très content, s'approche de l'eau.

« RRRAAAAOOOOO!!! »

« Aïe ! » fait le petit éléphant.
« Lâche-moi immédiatement ! »

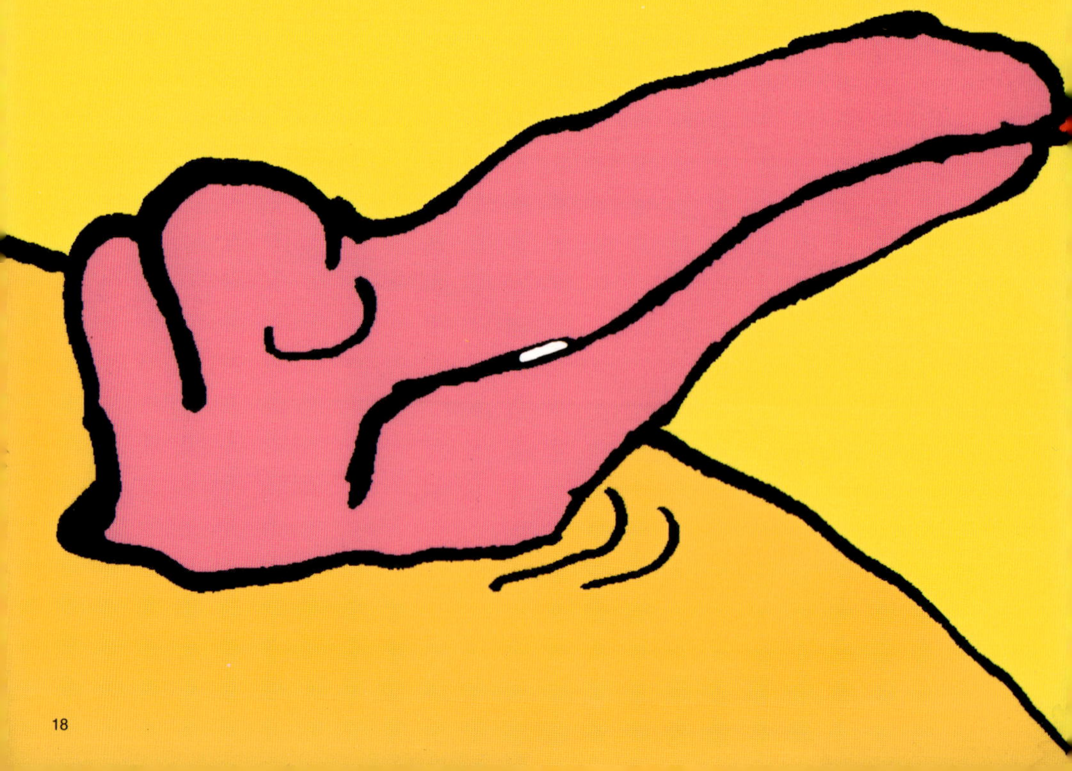

« Non mais ça va pas ? »
s'écrie le crocodile,
en ouvrant sa mâchoire.

« Tu m’as fait mal !
Je vais le dire à Maman ! »

« Personne ne veut jouer avec moi ! »
gémit alors le crocodile.
« Demande-le autrement ! » dit l'éléphant.

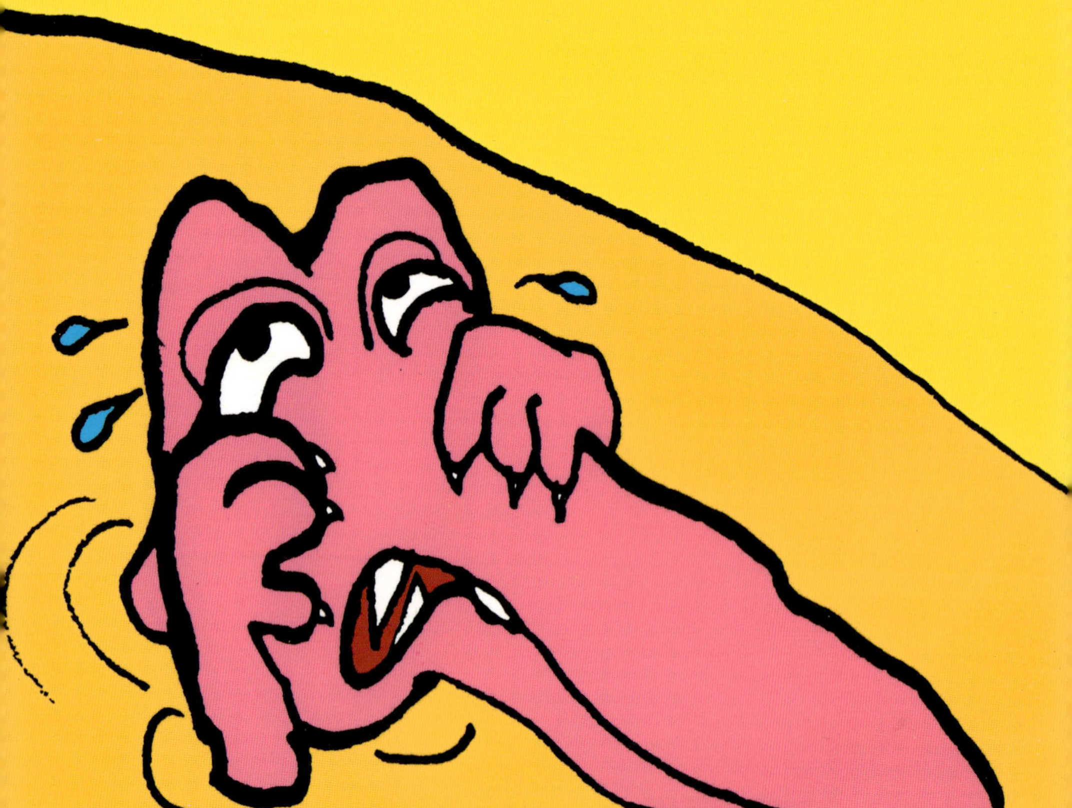

« Comment ? »
« Un peu plus gentiment. »

« S'il te plaît », supplie le crocodile,
« approche-toi, et viens jouer avec moi ! »

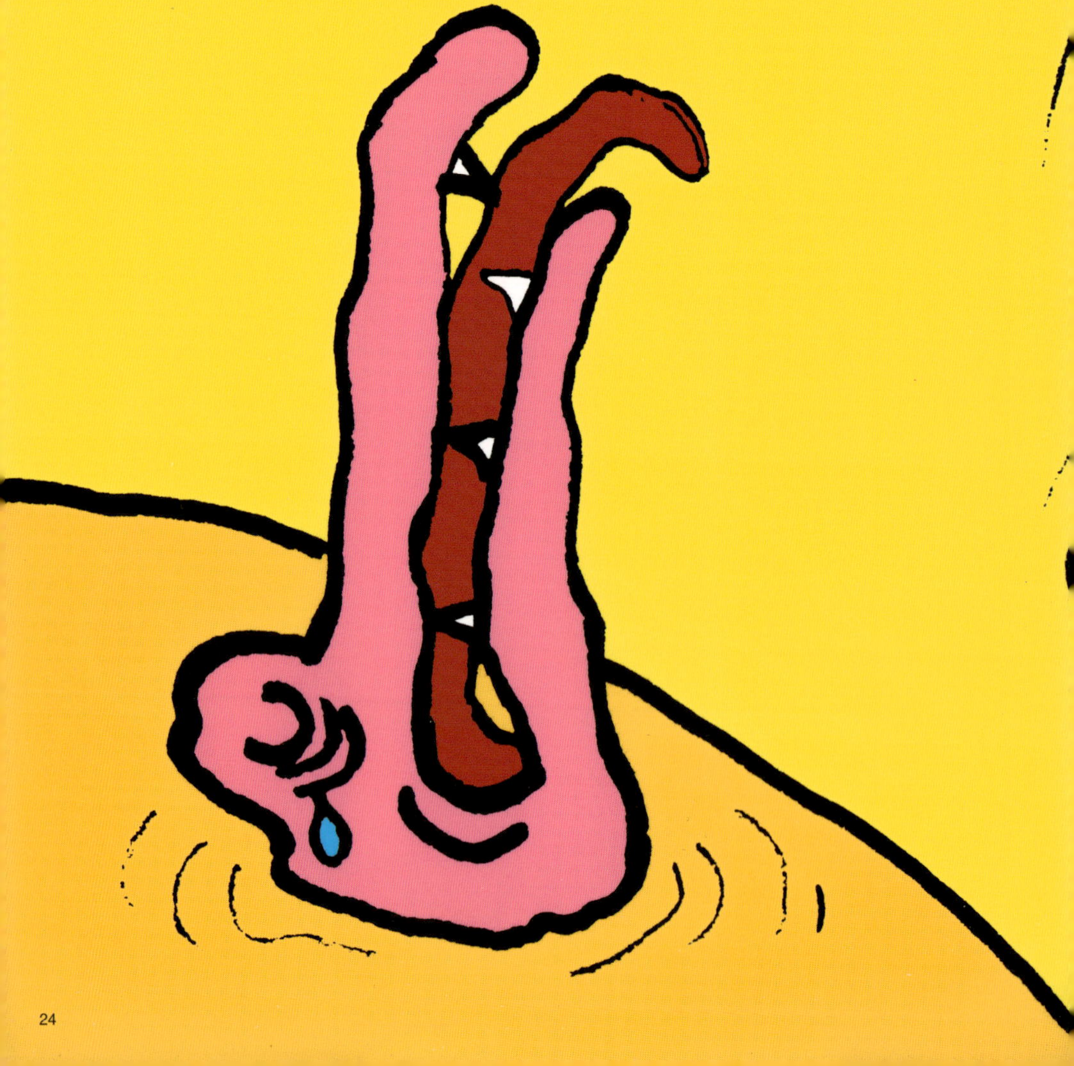

« Non mais ça va pas ? »
répond l'éléphant en rigolant.
« Les crocodiles, c'est trop méchant ! »

Le crocodile, furieux,
plonge dans sa mare.

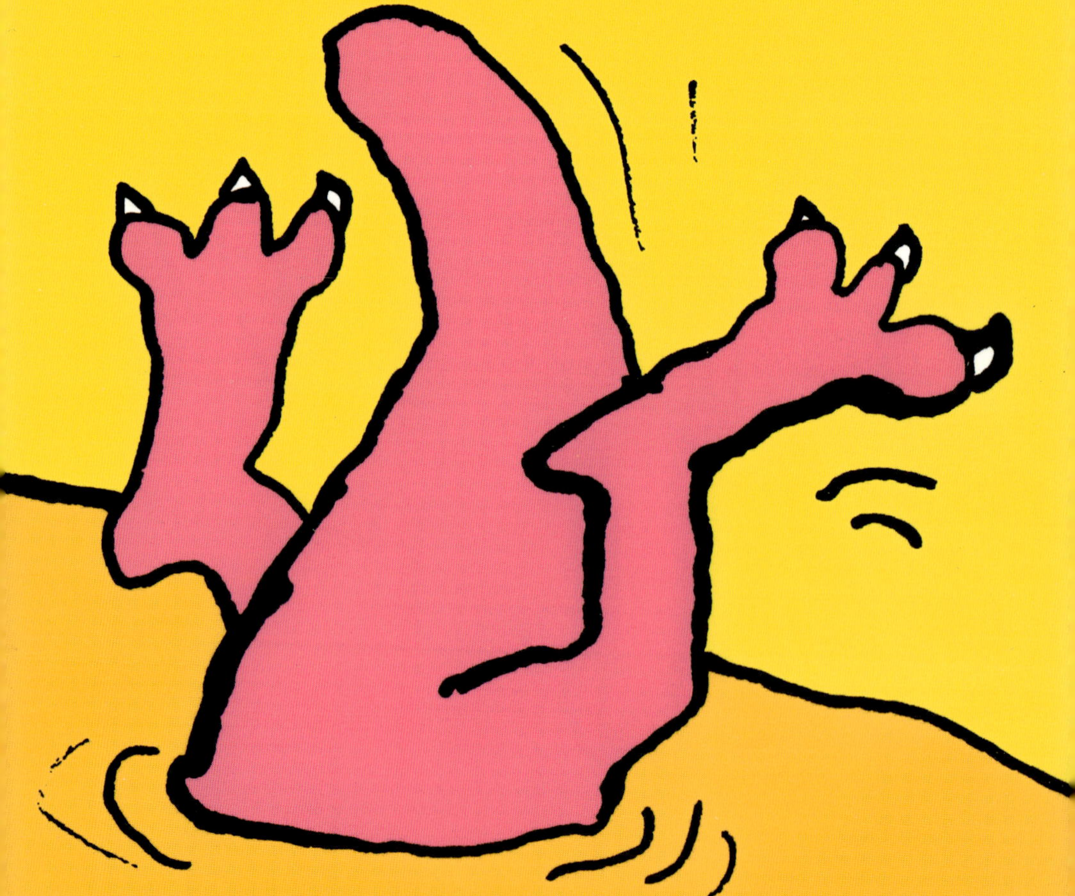

Et l'éléphant, très content,
va retrouver sa maman.